|我们都在认真生活|

我在尘埃挖掘火种

迟顿 ———— 著

陕西新华出版
太白文艺出版社·西安

图书在版编目（CIP）数据

我在尘埃挖掘火种 / 迟顿著. -- 西安：太白文艺出版社，2024.1
（我们都在认真生活）
ISBN 978-7-5513-2518-9

Ⅰ.①我… Ⅱ.①迟… Ⅲ.①诗集－中国－当代 Ⅳ.①I227

中国国家版本馆CIP数据核字(2023)第225500号

我在尘埃挖掘火种
WO ZAI CHEN'AI WAJUE HUOZHONG

作　者	迟　顿
责任编辑	蒋成龙
策　划	马泽平
封面设计	郑江迪
版式设计	建明文化
出版发行	太白文艺出版社
经　销	新华书店
印　刷	西安市建明工贸有限责任公司
开　本	880mm×1230mm 1/32
字　数	73千字
印　张	7
版　次	2024年1月第1版
印　次	2024年1月第1次印刷
书　号	ISBN 978-7-5513-2518-9
定　价	45.00元

版权所有 翻印必究
如有印装质量问题，可寄出版社印制部调换
联系电话：029-81206800
出版社地址：西安市曲江新区登高路1388号（邮编：710061）
营销中心电话：029-87277748 029-87217872

尘埃里绽放的诗意之花

太白文艺出版社总编辑　戴笑诺

一朵花开放在山崖上,它所依赖的是土壤、水分、空气和阳光。如果土壤、水分是物质,那么空气和阳光就是精神。一个人有思想、有感情,依赖的不仅仅是物质,在生命的最深处,依赖的是精神的力量。

诗歌的美,在于它就像一面镜子,反映我们内心的世界,也反映我们对生活的理解和感悟;同时,它也让我们看到生活的美好,感受到人性的光辉,激发我们对生命的热爱和对未来的期待。这种对生活的理解和热爱在我读到"我们都在认真生活"这套诗丛时感受尤为强烈,因为这三部诗集所收录的诗歌都是对生活之美最真切的发掘和再现。生活之美千姿百态。有一种美,积聚自平凡生活最深处的微光。我们总以为,平凡的人生提炼不出华丽的辞藻,演绎不出跌宕起伏的情节。然而,有一种人,他们能够用诗心掸掉生活的尘土，点燃心中的火苗。即使面对最朴素和最艰苦的一切，也能迸发出独属于自己的那一份力量。在高度碎片化和重复化的日常中，榆木、曹兵、迟顿三位诗人保持着对生活敏锐的感受力，表现出对周遭世界高度的关切和直面生活的真诚，他们把这种体悟转化为诗的语言，最终萃取出一首首打动人心的诗歌。

剔除作者们诗人身份的共性，他们就被还原为矿工和农民，普通如我们每一个独立的个体。他们有自己的幸福和希冀，也有自己的烦恼和失落。但我相信，哪怕是此生注定要在这尘世中踽踽独行，他们内心也一定渴望在现实生活中开启另外一扇隐秘而又独特的窗，为他们打破庸常琐事的束缚，在诗歌的世界里自由歌唱。

在这三位诗人中，榆木的名字是最具有辨识度的，他的诗和人，都像一截木头，纹理分明，触感粗粝，有着弥足珍贵的天然和纯粹。我至今仍记得初次读到他书稿时的那种震撼，"当他们从地心深处，争先恐后地挤出井口／多像是一块块煤，转世回到了人间"（节选自《赶着下班的矿工》）。榆木没有系统学习过诗歌写作的理论知识，在他的诗歌中，几乎读不到任何斧凿的痕迹。榆木知道，真诚是他能赋予诗歌的最为可贵的品质。

曹兵在生活当中应该也是隐忍而内敛的吧，他的诗歌如他赖以生存的土地一样，厚重、澄净，充满生机和力量。与榆木的粗粝相比，曹兵显得更为细腻，他似乎总能捕捉到意味无穷的细节并加以打磨，使之化为绵密的语言之网。他写不断穿行于各个城市间的羁旅生活，也写旅途中的所见所闻。在《深夜，一列火车经过》中，他写道："我也是醒着的人。正好零点/咣当咣当，火车由远及近/很多夜，我已经熟悉了这种突兀的声音。"没有刻意放大颠沛流离之苦，只是平静地记录和叙述，看似平淡，却又耐人寻味。

他们三位中，在诗歌中沉入最深的应该是迟顿。读迟顿的诗，给人的感觉不像是出自一位矿工，而是出自一位手艺精湛的老木匠，以笔作刀，在纸上雕琢。正如他在《老木匠》中写的那样，"为了解救一块木头/他使用了斧头、刨子和锋利的锯/为了使它们有好的出身/他又给每一块木头开榫，断肩/雕琢美丽的花纹"。这木头不仅仅是木头，更是文字，是迟顿在生活中度过的每一天。他从这些汉字中揪出它们的魂灵，并赋予它们全新的形象，使它们代替自己活在这珍贵的人间。

我不知道像榆木、曹兵、迟顿这样的诗人还有多少，他们隐在尘埃里，认真地生活和写作，甚至没有想过诗歌能够带给他们什么。但诗歌的确在改变着他们的生活，让他们从人群中站出来，让他们的形象，在阳光下更为明亮一些。

他们没有显赫的声名，质朴而幽微的诗歌带给他们的只是一种可能，一种暂时无法定义的充满可塑性的可能。或许也正是因为少了显赫声名的枷锁，他们的写作才更自由、更真诚，似乎只需要仰头或者弯腰，就能从生活中撷取那些读来令人震撼的诗句。

"我们都在认真生活"这套诗丛是开放的，我们出版这套诗丛的初衷，是希望未来还会有更多的如榆木、曹兵、迟顿这样的劳动者的诗集持续推出，给他们一个认真生活、展现自我的平台。同样，也希望借助诗歌，让普通的你我看到生活的点滴，感受生活的热情，理解生活的美好，在困惑和迷茫中找到方向，在痛苦和挫折中汲取力量。

目录

第一辑 一幅不是我的糟糕的赝品

003　木偶戏

004　读史

005　我所认为的

006　诗人的自白

007　与黄河说

008　农夫与蛇

009　入殓师

010　作品

011　雪

012　猫说

014　冬至

015　少年心事

017　寒露

018　老木匠

019　流浪者
020　卦辞
021　油灯
022　无花果
023　迷途
024　牧羊人
025　资寿寺
026　绣楼
027　司马院
028　再见，王家大院
030　小寒
031　大雪·枫叶
032　大雪·行路难
033　刀
034　三棵榆树
035　病历
036　心经
037　排水量
038　世界之最
039　豹

040　济世良方

041　岁月（组诗）

043　如意郎君

044　闻鸡起舞

045　外公

047　除夕

048　顾客结账

第二辑　破碎

051　给茨维塔耶娃

053　雪人

054　遗传

055　破晓

056　榨汁机

057　钥匙

058　猎诗者

059　失乐园

060　悲伤

061　**不好的预感**

062　仲秋之夜

063　大码鞋子，或理想

064　胖头鱼

065　一贴颈椎膏

066　秋收

067　村庄的月亮

068　圆规

069　上帝是个怪诞的厨子

070　小

071　刻章人

072　竹枝词

073　鹤顶红

074　如果你还眷恋这片贫瘠的土地

075　庙

077　列车上，读《李叔同传》

078　观棋

080　阿富汗小女孩与美国士兵

082　堆雪人

083　善用盐的母亲

084　神龛

085 向阳花

086 一个土豆

第三辑　如果你还眷念这片贫瘠的土地

089 我这么犟

090 第一天下井

091 太阳鸡

092 老矿工

093 咳嗽机

094 零点升井后

095 怀揣火种的人

096 萤火虫

097 炸药

098 澡堂子

099 工作狂想

100 响铃

101 升降机

102 早安！麻雀

103 爆破音

104　一首不能完成的诗

105　倒叙

106　我每天都在重复做一件事

107　一只黑麻雀

108　在这寄宿制的人间

109　昨天

110　春分

111　孺子牛

112　矿井

113　芦花

114　我饿

115　在人间，我离地狱最近

117　抬棺者

118　饺子

119　我的世界

120　枕木之诗（组诗）

126　关于一个书面采访

128　姓名

130　兄弟

131　**虹膜考勤机**

第四辑　把人间还给人间

135　单身

136　旋转门

137　花掉我

138　信

139　边界

140　夹心饼干

141　醒来

142　七天酒店

143　夜的小作坊

144　石头与流水

145　明月

146　刺绣

147　草房子

148　夜

149　封面女郎

150　钥匙扣

151　荔枝辞

152　两枚硬币

153　生而为人

154　醋坛子

155　十月的一个下午

156　女王陛下

157　蝴蝶

158　立冬

160　忆江南

162　雨中行

163　大雪·梦

164　大雪·绒花

165　石榴

166　琥珀之爱

167　11月7日，初雪

168　被人遗忘的苹果

169　七夕

170　气候旅馆

171　K237次列车

第五辑 它毕生的梦想就是造一张网

177　我喝下一枚月亮

178　长恨歌

179　绝句

180　腓特烈

182　伐木工

183　手势

184　我写诗

185　鲁迅肖像

186　暗示

187　心椅

188　春日

189　福缘寺

190　河流与大海

191　寻找

192　交谈

193　游绵山及所思

194　在抱腹岩

195　一个不善聊天的父亲

- 197 蜘蛛
- 198 恶之眼
- 199 地球形象
- 200 又一日
- 202 洛阳铲
- 204 拳击手
- 205 瓮
- 206 回味
- 207 肇事者
- 208 教堂顶上的十字架

第一辑 一幅不是我的糟糕的赝品

木偶戏

情无所寄时

就从古老的唱词里挖出几个人来

消遣

往事从来就是一笔糊涂的旧账

替木偶发声的人

木偶也替他们自圆其说

两不相见的

是牵线和看戏的人

他们中间隔着一道不可逾越的屏障

历史是何等惊人地相似

一块遮羞布横亘在唱腔的古老与现代之间

满含隐喻

从不说透

读史

至深夜,读史

燃一盏油灯

不如邀明月相陪

逛一回遗址

不如看眼前新建的高楼

案几之上

一阵无来由的风

将书页从民国翻至清朝时

我用一块压书石

摁住了一场蓄谋已久的复辟运动

摁住了纸上皇帝

我所认为的

苏格拉底不是死于一杯毒芹酒

耶稣也不是死于十字架

人心的狭隘禁足于世俗的镣铐

我在人间活了四十年

有山的棱角,也有海的平静与咆哮

却不知道身体里长有多少软骨

我有灵魂,总不附体

我有气节,也总是弯腰弓背

我迷失而不清醒

总是在梦里

往返于雅典和耶路撒冷

总是不停地,一边为他们塑像

一边为自己建造哭墙

诗人的自白

我不是唯一的孤独者
比我更孤独的
还有这些无所适从的词语
在一个个虚无的构想里
我们都眼巴巴地看着对方
我们彼此沉默
却从不承认孤独

与黄河说

青石洗过了,黄泥也洗过了

你又开始洗后来人的眼睛

还是这么浑浊

如果我凭意念,让你澄清

是否涉及祖先的隐私

如果不能

你就会死死地咬住

巴颜喀拉山脉的源头

继续隐瞒下去

农夫与蛇

我不能和你们说我的不幸

我不能说

曾经我为一个农夫动过恻隐之心

给一条蛇下过毒咒

让一则寓言死里逃生

在另一则寓言里

我用蛇胆泡酒　用蛇皮制包

用蛇肉滋补漏风的骨头

我知道

我就是那个农夫

我的不幸即是一条蛇的不幸

入殓师

绝无与虎谋皮的凶险
为了使一具死去的躯体更加具体
他们需要为它重新着装,画皮
复述它完整的一生

这看起来
是一项神圣而伟大的事业
当然,免不了会有一些
扭曲的面孔
他们也会努力
画出个人样

作品

在纸上

我像一支铅笔

默默地写着我

分段的一生

每写一段

我就矮去一截

只有两次

是他们写我

一次是生我者

将我写在出生证上

一次是我生者

将我写在死亡证上

每一次都写得惊心动魄

都会弄出些泪来

为一幅不是我的

糟糕的赝品

雪

我是在傍晚时分,与她擦身而过的
那时候,她还很年轻
有几丝白发,不算什么
昨天遥远。而梦,模糊不清
那个被石头绊倒又爬起来的孩子
擦破了手掌,还未来得及喊疼
已成了另外两个孩子的父亲
而她,仿佛一夜之间就满头白发
现在,我的母亲要用一生的积蓄
与这场白雪媲美
两个向冬天争宠的美人
一个操持着人间烟火
一个由来已久
只有脚下这片土地知道
她们永远分不出胜负

猫说

我总是在白天

依偎于某人膝间或怀抱之中

确切地说

我的体内正寄居着一个

比我更孤独的人的灵魂

我行走于动物和人类之间

并成为自己的无冕之王

但我讨厌人类恶作剧般的宠爱

有几次

可恶的毛线球竟让我丑态百出

大多数时候

我们会相安无事

偶尔,也会失眠一次

人类只关心失眠

他们失眠的时候

就管自己叫

夜猫

冬至

天阴。有小雪
宜赋诗,煮酒,吃饺子
我继续……失眠……

今晚,不宜数羊
在无数个漫漫长夜
我数着那些虚无的善良的羊,挨过
一个又一个寒冷的冬天

但,今天不行
因为那些被我数过的沉默的羊
有些正双膝跪地
任人宰杀
被入诗,下酒
包了饺子

今晚,不宜数羊
不宜落井下石

少年心事

你的门虚掩着
我看见了

你还在为一只偷偷溜走的猫
发出叹息
我看见了

你抱着一个枕头入梦
梦里会有一只多毛的小兽出来
我也看见了

无数个彻夜通明的夜里
你与灯火重归于好

有几次
你允许一场大雨
在黎明时
给自己送来两个红肿的胖核桃

我都看见了

可是，亲爱的孩子
我还是装作什么也不知道
在很久很久以前
我的门
也曾为一个人
留着

寒露

节气在深秋的叶片上停下来

树叶泛黄而摇摇欲坠

你,要我沉默

与草木保持口径一致

呃!我感到很为难

秋深露重

每一片叶子都是亲人

每滴泪珠

都沾湿过衣襟

老木匠

为了解救一块木头

他使用了斧头、刨子,和锋利的锯

为了使它们有好的出身

他又给每一块木头开榫,断肩

雕琢美丽的花纹

但他怎么也救不了那些

睡在木头里的虫子

几经风干

它们的肉体已形如残骸

轻轻一磕

就会掉在地上

流浪者

再孤寂的寺院

也能在人间抓住一缕香火

再落魄的神仙

也能从穷人那里获得一丝温暖

无家可归的人没有这么好命

他没有许愿,也无愿可还

他的肉身是一座年久失修的破庙

他的空碗里

有几只蚂蚁,正分食人间烟火

卦辞

他示意我伸出左手

我索性将右手也一并给他

一个慌不择路的人

需要左右逢源

那些断裂的掌纹

和破音的卦筒

又能向彼此道出些什么

当命运被动过手脚以后

一根善变的竹签

神旨般

应声落地

油灯

黑暗那么大

你只是一块小小的

光的补丁

坐在灯前穿针引线的母亲

总也补不完我的童年

窟窿大了

她就用大补丁

窟窿小了

她就用小补丁

你看那根喝着油的灯芯

一会儿被她挑起些

一会儿又被她摁下些

那小小的光

总是能被她拿捏得

恰如其分

无花果

去一棵树上归隐

在无数片叶子里打坐,诵经

这人间的庙宇足够宏大

却栖不下我小小的肉身

在春天

我在一片惋叹声里

与赏花人擦肩而过

我省略了开花

他们也忘了问结果

迷途

厨房里

一只麻雀正试图穿过玻璃

回到天空

它才刚刚学会飞翔

很显然,这中间有些误解

天空的质感有如直立的冰面

光滑得令它恼火

它的翅膀和细爪看起来毫无用处

挣扎也是徒劳

它是怎么飞进来的

儿子,发出质问

是啊!它是怎么飞进来的呢

当我顺着他的疑问寻找线索时

我发现我与这只麻雀同样幼稚

我们都不太懂逃生的哲学

在寻找理想的路上

我们都没有学会迷途知返

牧羊人

无视一座山的博学

就是无视一群羊的满腹经纶

就是无视一个牧羊人的辽阔内心

立冬以后

漫长的天寒地冻

使得每个日子都捉襟见肘

牧羊人和他的羊

一边在村外的草坡上晒太阳

一边思忖今年冬季怎么个过法

人抽旱烟,羊吃干草

他和它们不停地翕动着嘴

同时反刍着各自的命运

资寿寺

苏溪村的人,我都不认识
资寿寺的佛,我却了如指掌

在陌生的苏溪村
我当着佛的面说出心如止水
遇见她,却犯了花痴

药王,听闻你包治百病
我有一身多情的瘀毒
你治不治

绣楼

砖石太过坚硬,一路雕刻

到了长工院和围院

就有些刻不动了

乐善堂和敬业堂,有着

至高无上的威严

绣楼不仅矮,还向后退了几步

我不敢问她芳龄几何

春心跌宕,秋风磨人啊

那枝在轻霜中

缩紧身体又瑟瑟发抖的雏菊

比我想象中的大家闺秀

枯萎得早了点

司马院

单是一关辖三门,三门通四院
就足以说明此间风水
何况,还有一块"司马第"的牌匾
狐仙与鹿在主人家,出入
官禄两院的传说

我远道而来,带着困惑
因虔诚,分别
拜了狐仙、土地和门神
因无一好运傍身
又举步迈入
加官,进禄,增福,添寿
四扇窄门

再见,王家大院

游人陆续散了,分别

用手机摄像带走了它

最迷人的部分——

或砖雕、木刻,或廊亭、檐角

或是一段铭文、家训

我带走了一个人

当归途在蜿蜒山路盘旋成

一个个问号

我不禁怅然若失

这些用光影剪辑过的留念

会不会从此流落天涯

不再回来

会不会像这座古老宅子的主人

一走,就音信全无

当汽车,在一处岔口分道而驰

命运的工匠

也在我们之间

将一别两宽刻画得栩栩如生

小寒

——记柳如是与钱谦益

一切都不可逆。寒风提刀而来

带着节气的口谕

草木有的做了顺民,有的削发为僧

今天,我要去一趟秦淮河

不探梅兰竹菊

只想见见我心中的凤凰

自打南明小王朝孤悬一隅

柳如是心急如焚

暗自,在心底蓄满了一池湖水

前朝礼部尚书钱谦益

深藏不露

用整夜,修了回表里不一的江山

次日

他说头皮发痒。他又说

湖水太凉,改日再殉

大雪·枫叶

北京的雪偶尔也会下在多伦多

但香山的枫叶独具汉语特点

你是漂泊异乡的一枚枫叶,叶脉中

有唐诗河山的布局,学贯中西的气象

我是晋人。骨子里多梯田、沟壑

嗓子里多风沙,因此

我的诗歌粗犷,这一点不像老乡王维

也不像你

但明月还是一致的

说到乡愁,你可约汉姓枫叶三两枚

温酒,煮茶,吟诗,作赋

可在大洋彼岸,遥望长安

烹小鲜

大雪·行路难

每条路都可以是蜀道

要慢行，留白，用浪漫主义

我天生特立独行

受复杂的人间气候影响，性格中

既有桀骜不驯的纹理，也有

丝绸般的柔软

大雪茫茫，所有遇见

都如一册世间书

你是我摘出的一个金句

如果你冷，我愿赠你《将进酒》

如果你摔倒

我会为你诵读一遍

《猛回头》或《醒世录》

刀

一生要挨过多少刀才能活成个人样

一生要苦练多少绝技

才不至于被招招致命

现在我还活着

不是为了复仇

也不是为了苟活于人世

我还有一恩未报

出生之日,母亲替我生生地挨了一刀

直到现在,我还能感到她

隐隐的阵痛

仿佛这巨大的尘世,就是她塌陷的子宫

这人间悲苦,才是她无法释怀的全部

三棵榆树

九岁那年,我指着它们
——这棵是外公,那棵是妈妈
另一棵是我

老屋废弃多年
小树苗长成大树
外公成为模糊的记忆

三棵榆树,还倔强地活着
像三个相依为命的亲人
紧紧地,靠在一起

只是,树皮斑驳
它们身上都长满了
相似的虫洞

病历

所有的纸都病了
所有的病都爬上桌子
等人认领
我在其中领回一些小病
咳掉一些草药
也废掉几个吊瓶
领回大病的人
没有回去
他们从桌子上爬到床上
床也病了
而一些领回绝症的人
还蒙在鼓里

心经

时间有边缘、齿轮、发条

命盘有轮回

有解不开的死结

我有一座空山

不参禅,不悟道

只为昼夜不停的心跳

如果你听见钟声

那是我的骨头,在击打

命运的流水

排水量

我的身体,越来越轻
像逐水而流的皮筏
而灵魂,正变得越来越重
像一艘吃水很深的巨轮

我思想的集装箱,装满了
人间疾苦
却无处卸载

如果我不停地装下去
大海,会不会因此
溢出一点

世界之最

据测量,世界上最深的马里亚纳海沟

深 11034 米

珠峰,高 8848.86 米

在这落差巨大的天地间

我是高山——终年覆盖积雪

是大海——深不见底

我顶天立地

是 1.66 米的巨人

也是两万米的侏儒

豹

月黑风高之夜,一只金钱豹拦住我
眼放绿光,却不扑咬
甚至有些狼狈,问
虚空山怎么走

我踉跄着后退几步,俯身
捡起一截木棍
硬着头皮,应道:从此右拐
至皮革厂向左,走解放路经屠宰场
出阳关口收费站上国道,向西两百里
至猎户庄,进山

一口气说完
没料到这猛兽听毕,热泪盈眶
连鞠三躬:兄弟,谢了
临走,竟把豹皮
披我身上

济世良方

身患暗疾,向百草求救
用刀,用炭,用陶罐,用文火熬药

用这身体做的器皿
接纳世间所有的苦

我们都在小心翼翼地寻找一种济世良方
用来续命

唯草木有慈悲之心
明生芥蒂,暗度春风

岁月（组诗）

容器

我喜欢这样，像胎儿般

蜷缩于黑夜的子宫

喜欢听自己细微的呼吸声

时间嘀嗒的小碎步

喜欢在梦中，无知无畏

谛听来自人间一厢情愿的胎教

我喜欢等待黎明，犹如等待分娩

喜欢床——

七十厘米高的悬崖

无须担心坠落

但也听到两种忧伤

鞋子在地上，找不到主人

我，找不到那根缠在腰上的脐带

父亲来访

他又来了
一辆破旧的自行车骑行十里
车把上晃荡着给我的童装
母亲拒而不见

我的发小一如抗战时期的童子军
勇敢的鼻涕虫们
及时向我报告了这一消息
大灰狼来了

——聪明的小孩脱下粗布衣裳
罩住我：赶紧转移
他们把我藏在邻居家笨重的衣柜里
上了锁
他们拒绝了父亲的糖果

如意郎君

母亲终于出嫁了
二十九岁
嫁给了她千挑万选的如意郎君
——一个国营单位的长期工
她的亲人们如释重负
似乎看见了她衣食无忧的一生

命运毫不留情地捉弄了她
在我出生之后
她的懒鬼丈夫丢掉了铁饭碗
随之而来的,是无休止的争吵与干仗

翌年,母亲鼻青脸肿地离开了
一个向爱情认输的女人
抱着我
——她手中唯一的筹码
向生活,昂起了头

闻鸡起舞

生词，公式……
一大早母亲就拎鸡仔般
把我从梦中拖出。我匆匆穿衣
神情慌乱
但一切都太迟了
母亲先我一步打开鸡舍
她总是满怀期待
试图像中奖一样摸到一个温热的蛋
却意外
从鸡窝掏出
一本包着语文书皮的《水浒传》
三十年过去了
打折的鸡毛掸子早已忘记了疼痛
我和母亲
还在那个早晨僵持着
一个在为我的未来担忧
一个继续作弊

外公

早年丧妻,膝下七子三女
知天命——
凭一辆马车,为他们成家立业
古稀
辗转于各家
食——
嗟来之食
不如意,遂另起炉灶
垦荒度日
八十岁
于门前筛麦
不起
诊断为中风
氧气在侧,口大张
粒米不进
言语不清
子女
挤桃汁滴喂

无望

苦撑七日

——终

除夕

表哥送来饺子和一坛热卤
母亲铺开旧油布
她正处在饥困之中

在一座破庙,阵阵鞭炮声中
她为了家族的繁荣
屈身度日(人们认为:离婚女人在娘家过年会带来
　厄运)

那时我八岁
辞旧,并不意味着迎新
我们席地而坐
趁热——
吃,这一成不变的新年盛宴
喝,这一眼见底的命运之汤

顾客结账

当我在厨房忙得不可开交时
母亲被顾客叫去结账

——在满目狼藉的桌子前
颤抖的小本子上
艰难地做着加法算式

顾客走后,母亲开始收盘子
对于帮她口算且麻利付钱的客人
她赞不绝口

很快,她就为抹去的一个零头
懊恼起来
——在桌子底下
她发现了一个空酒瓶

第二辑

破碎

给茨维塔耶娃

白银时代就像一瓶陈年伏特加

至今,还被诗人们品咂着

被流放的嘴巴

苦难

死亡阴影

犹如你的诗,引起的并发症

从莫斯科

蔓延至

小镇叶拉布加

或者,还通往墓地:

"那些官方诗人

痛苦地住在名叫全集的石棺里"①

如同发霉的良心,烂在

俄罗斯胸口

却乐于

见你

将一根要命的绳子

悬在

克里姆林宫的肋骨

① 引自何塞·埃米利奥·帕切科《诗人们的生活》。

雪人

——被寒冷囚禁的雨水

阴翳天空下的哑孩子

敏感,易碎

任何巧言令色

在她看来,都太过露骨

都是对清白的冒犯

然而,她知道自身的软肋

就像诗人

明白自己的处境

一些人,觉得我们

应该更识大体,更有分寸

甚至,更浅薄

他们赏雪

如同欣赏我们的才华

除雪

像出席我们的葬礼

遗传

我们活在先祖的遗址

成为新的

宫殿的墙砖,橡木

我们的脸和呼吸

粘在一起,处境

比聒噪的蝉

更紧张,严肃

而灵魂

像一件小尺码衣服

更不合身

为此,他们创造新词

为我们量身定制

新的前途

但取消了我们的嘴巴

在清代

一个叫"粘杆处"的地方

有人专门打理此事

破晓

一辆承载着昨天
日返一趟的
重型翻斗车
冲破黑暗
缓缓，驶入
人间货场
但，它超载了
爆掉了传说中的
九个轮子
在松软的天空
侧翻，并
向我们
倾倒，腐朽的历史
破碎的梦
和生活垃圾

榨汁机

一台古老而无形的榨汁机
安装在
某些人的脑子里
他们的胃
是盛不满的杯子
而舌头,像灵巧的弹簧
"期待你的加入"
当他们向你伸出橄榄枝
你会从人
变成一颗多汁的苹果
而你的价值
就是在时间的铰刀中
让自己变成一堆渣滓
然后,你分到一小匙甜汁
并更加卖力
甚至感动
——当你喝着自己

钥匙

我是一把钥匙
以父母的形象制成
我是坠入漆黑的一声"咔嚓"
——拇指与食指的合力

哦,我是那一声
盲目的啼哭
当十月的门锁
蓦然打开

却发现,世界像另一个孕妇
——阴道
连接着生的子宫
和死的墓地

猎诗者

目之所及

及人间悲欢与辛苦

——目光

犹如脱手而出的回旋镖

顺着自身的轨迹

弹回

——你是诗人

你握着

这世上所有恶的把柄

却像一个被猛兽抓伤的猎人

用词语的纱布

包扎伤口

而受伤与结痂

正是你

写诗的过程

失乐园

猴子变人的戏法
已被猴子们
玩坏

动物观众们
得意于自己的尾巴
又困囿于别人给的牢笼

上帝的钥匙丢了
他的信徒又将如何

悲伤

梦,是一驾由灵魂驾驶的马车
总是以凌空蹈虚的方式
——抵达
以泪的形式
——夺眶而出

哦——破碎
是我日渐苍老的躯体
踩响了
年轻时布下的雷

不好的预感

中午,我的客人们

发生了群殴

这让我想起

早上,一个年轻食客

在我的小饭馆门口

用弹弓打死了一只喜鹊

然后,他后悔了

喜鹊,一种吉祥鸟

它就像六点钟的新闻早播

仲秋之夜

凌晨两点,我的屋子还亮着
门开着一道缝隙
理查德·布劳提根在
读他的得意之作——
《避孕药和春山矿难》
一只绿头苍蝇侧身而入
用直升机般的轰鸣
侵扰了我的安宁
周旋中
我终于将它杀死
并记录
十月一日凌晨两点十四分
一只对布劳提根发出
挑衅的苍蝇
在警告和驱离无效的情况下
被另一位叫迟顿的诗人
杀死

大码鞋子,或理想

好看的颜色和款式
里面
是现实的一双小脚
——内卷
有些汗臭
还有
几粒沙子的虚荣
或许,更多……
是无休止的扯皮
和争吵
如果,脚
继续
变小
我只好,提着鞋
光脚走路

胖头鱼

凸眼,藏在镜片后面
脚,搭在桌子上
臃肿
像个鼓胀的黑塑料袋
兜着,一条
湿漉漉的
胖头鱼

胖头鱼又名花鲢
滤食性动物
他的办公室像个池塘
我们像水藻一样
浮在上面

一贴颈椎膏

记得有贴颈椎膏药

几个月前,被我随手夹入

一本书

很庆幸,今天找到了

颈椎病发作

我在一本《中国文学简史》里

找到它

顺手贴在了后脖颈

依然是左边

秋收

所谓秋收,就是
以死喂养着生的庄稼
和以生栽培着死的农民
其间,发生一次
浩浩荡荡的
秋后算账

一本翻得不能再烂的账本
上面,押着各自的命

村庄的月亮

更像一个木讷的看守
坐在夜晚的传达室
只管收发上帝寄来的文件
并按时分配昼夜

别指望它知道
你是哪根葱,哪瓣蒜
住哪条胡同
如果它,下来走一走
它也会在村庄迷路

圆规

始终不能走成一条直线
教条主义,使它陷入
自身的旋涡
向前迈出一大步
又怎样

无非是拖着一条
世俗的义肢,原地打转
无非是把一个圆,画得
完美无缺
把自己困在其中

上帝是个怪诞的厨子

哦！亲爱的路人

我们支起篝火和吊炉

去烤一只该死的鸡

或别的什么倒霉蛋

我们的手上也会沾满血腥

可是，你知道的

我们从未违逆上帝的本意

上帝天生是个怪诞的厨子

有时候

他也会拧断自己的脖子

与死神共舞

在通往天堂的路上

死亡成为救赎的一部分

小

针尖再小

也搁得下一粒尘埃

尘埃再小

也撑得起一片天空

不能再小了

再小就会无中生有

就会凭空生出些事端

所以,雾里看花的人

既看不清花,也看不清自己

所以,居高临下的人

看到的

都是尘埃、草芥和蝼蚁

刻章人

一方原石在握

如握一座固若金汤的城池

粉墨登场的都是隶书和篆体

一个人或一句箴言都可以

是一个无冕之王或封疆大吏

只有他,像个投笔从戎的落魄书生

生活亦如战争

他每走一步,就吹一下

每吹一下

就仿佛多一分胜算

你看,他右手运刀,左手握石的样子

多像一个攻城略地的将军

而一柄斜刀,刻着几个汉字

就像是刻着他的军功章

竹枝词

我一直试图护住心中的笛音

但还是走漏了风声

提刀而来的人

也携带着流水和竹筏的构想

那些走失的竹枝啊

每一支都曾揭竿而起

都曾挑着枪头般的叶子摇旗呐喊

那些走失的竹枝,以断腕的悲壮

背井离乡

或做摇椅、扁担、竹篮

这些都不重要

重要的是,春风一吹

就会挺直腰杆,卷土重来

鹤顶红

是红砜、三氧化二砷的昵称
是杀人于无形的剧毒
在湿地公园,有幸
与这些头顶丹红的鸟儿合影

不幸的是,我对那小小的
红色羽冠
仍怀有一丝古老的恶意
真的很羞愧

我总是将人心最阴暗的一面
污名般,强加于
某些动物身上

不像它们
要么屈居一隅,要么远走高飞
从不以最坏的心思揣度人类

如果你还眷恋这片贫瘠的土地

每一块石头都知道自己的来路

每一扇磨盘都记得主人的名字

每一间屋子都燃过旧时的灯火

每一口水井都喂养过人声和狗叫

离家的人

如果你还眷恋这片贫瘠的土地

请你……

把脚印让给草木,带走些许尘土

把香火让给祖先,带走不多的信仰

把沉默让给沉默的村庄

扭头。带走你孤绝的乡音

庙

庙里只有几尊断头佛

莲花台蒙尘多年

默默地布施,亘古不变的善意

"破四旧"标语,推搡着"牛鬼蛇神"

从墙裙越过门槛时

我的意外出现

惊走了几只天生胆小的麻雀

动静太大了

再走

就会惊动烛台上的蚂蚁

惊落门楣上的灰尘

惊醒一众蒙冤的灵魂

就会遇见我失散多年的亲人

而在此之前

我并没有准备好，回答他们的

任何质问

列车上,读《李叔同传》

就是在人声鼎沸处

为自己辟一小块静修之地

在省悟中

放下贪、痴、嗔、怨

以及未做完的白日梦

就是要用一天,过完

大师的一生

可是先生,为什么我还是听见

有人喊:让一让

仿佛,只有侧身

才能让出一个令人满意的人间

只有清空整个车厢

才能为自己

让出一座虎跑寺

观棋

这些为刀所逼

被木头囚禁的汉字

是士族、平民

不想发作的火药

它们一旦越过楚河汉界

就是心怀天下的虎狼之师

兵马冲锋，汉字在死

这些无所事事

在围观中，轮流做着皇帝的人

也在一片"嘘"声中

黯然收场

当王朝更迭成为一种游戏

没有人关心

历史的车轮和马蹄之下

多少人正被践踏

多少个我

正沦为别人手中的棋子

阿富汗小女孩与美国士兵
——观摄影图片有感

在阿富汗甘达卜山谷

一个腼腆的小女孩，小心地

递给美国士兵一枝黄色野花

士兵面带倦色

背靠布满弹孔的土墙

仿佛一枚刚刚熄灭怒火的弹壳

瘫坐在地

出于对上帝的尊重

我相信，他在出征前做过虔诚的祷告

但不是《古兰经》

在战斗中杀死过人，却并非自愿

我甚至相信，他的善良和忠诚

他的迫不得已

我这样理解

源于他接受善意的右手

充满愧疚的目光

是小女孩，而不是上帝或真主

让他在战争中

看到了天使

堆雪人

十万雪花银不够堆一座宫殿

何况要制造一个童话世界

堆砌一个王公贵族

天空还需要加印更多的鹅毛大雪

卖火柴的小女孩死了

怎么忍心,再堆出一个流浪汉

人世辽阔,没有一扇门为他开着

冬天这么漫长,寒冷

我只想替无家可归的人

在风雪中

多站一会儿

善用盐的母亲

霜降过后

我们还能为自己做点什么

当一把镰刀放倒整个秋天

寒流,又将伤痕累累的人间

推上风口浪尖

善用盐的母亲毫不犹豫

用一块饱经风霜的河石

压住了

一腔浮出水面的心事

神龛

活到老无所依的地步

还能握紧一根拐杖

没有比这更庆幸的事了

十个儿女,十条路

一月一条地,轮流去活

也一样值得欣慰

但,还有两个月严寒

被困在破窑

他相信,总有一条路

会拐弯抹角地找回来

递给他饭碗

也顺便递给他一道难题

问:那个雕花的红木老古董

——天地君亲师神龛

将来,会留给谁

向阳花

她以骄傲自大著称
认为,阴影下的那些苦蒿
应该活得像她一样

——她看不到它们
如同看不到
自己后脑勺的色斑

一个土豆

一个佩戴勋章的土豆

踱步在

美食博物馆

看到自己的照片

和简历

突然,泪流满面

几个月前,它从砧板和刀的

眼皮底下逃脱

今天,人们提起它

切片成丝的一生

总是不吝溢美之词

却忘了,它因恐惧黑暗

才发芽

才开满象征死亡的白花

第三辑

如果你还眷念这片贫瘠的土地

我这么犟

一定是有一座大山

阻隔了向往远方的念头

一定是有一群人

试图冲破黑暗的巷道

而一束光

恰好能照见他们崎岖的来路

人间是何等苍凉

要向黑暗之神索取火种

一定要有履险如夷的本领

才敢于向大地一次又一次交出肉身

而我,这么犟

恰好,有一身硬骨头

第一天下井

幸好,八百米还不算太深

幸好,这深凿的地下黑洞

还有岩层和钢梁支撑

幸好,几根钢丝吊绳已做过精确计量

早上,母亲与神有过一次神秘谈话

幸好,神只是缄默

母亲只是局促不安

不幸的是,我还未出门

就在她的心里埋下

一卷隐形炸药

不幸的是,她还没做好准备

就开始了提心吊胆的生活

太阳鸡

孵了一天地球的太阳

卧在西山

矿工们刚好从井下出来

黑不溜秋的

像一群小黑鸡

用了十个小时,才啄破

自己的壳

老矿工

下了一辈子小煤窑

离矿,像倒插门的老汉离婚

——多少有点寒心

六十岁了,只有阳光

这座温暖的大银行

允许他,把自己放在里面

随意存取

佝偻的身子晒太阳

就像在阳光下存下一笔巨款

又像生活账单上

仅有的

一点余额

咳嗽机

咳嗽机扶着一面气短的墙
弯腰
——咳嗽
他咳,墙也咳

墙和他
一起咳的时候
他就像
墙一用力
咳在地上的
一个
被粉尘包裹的肺

零点升井后

当我睡着,不做梦

我的床榻和身躯

是否可以当作一次死亡的体验

明天,我是否还会如期醒来

也像今天早晨一样

妈妈推开门,叫我吃早餐

面条,牛奶,煮鸡蛋

真的,我什么都吃不下去

可我还是将它们机械地塞进胃里

告诉她

我胃口很好。做梦很好。活着很好

但我不能告诉她

粉尘很好。瓦斯很好。死去的感觉很好

的确,她什么都不知道

她太老了

什么都不知道也很好

怀揣火种的人

怀揣火种的人

从不担心引火上身

黑夜再黑,他也能用一团磷火

让夜空火星四溅

月亮上的人有时会躲在云层后面

弹棉花

我不忍心使用心中那挂鞭炮

我怕一点,就会悲从中来

我怕,烟雾还未散尽

人群中

就又起离歌

萤火虫

光是多么稀有

在井下,煤要找自己的出路

还要有古人囊萤读书的恒心

头顶矿灯的我们

就像一群被漆黑兜着的萤火虫

煤走到哪里

就把我们悬挂在哪里

只是煤,不知道萤火虫的艰辛

为了它的飞黄腾达

有的折了翅膀,有的耗尽了一生

炸药

从炸药库到工作面

有四五里地

每天,我都会背着五十斤的炸药

徒步前往

如果你问我,重不重

我会答,很重

如果你问我,路好不好走

我会告诉你,一座山

有多倾斜,多陡

井下的路就有多难走

如果你问,怕不怕

我只能告诉你

——不知道

澡堂子

澡堂子的水

有时候冷得要命,有时候烫得要死

我们只好离喷头远点

一边蹦跶,一边往身上撩水

草草擦洗一番

大部分人回去还得再洗一次

狗蛋子就不

第二天,还会把那点黑

带回来

工作狂想

阿基米德说：给我一根足够长的杠杆

和一个支点

我就能撬动地球

而我，只想要一把足够大的锤子

和一身洪荒之力

把地球，像敲一颗核桃那样

敲破

让你们在阳光下

找找看

八百米深处的

那几粒黑果仁儿

哪粒是你们的

丈夫，儿子，父亲

响铃

我相信,地球是宇宙中

唯一中空、会响的星球

不信,你可以将耳朵贴在地面

听听里面的声音

但千万别拿起来摇

里面,都是在黑暗中

为人们凿壁取火的矿工

升降机

升降机在急速下降中

停止了,接着

来回弹跳几下

就那一瞬,我崩断了好几根神经

直到平稳降落,才缓缓接上

蹦到嗓子眼的心脏

是喝了口水

才咽回去的

早安！麻雀

清晨五点，我比鸟儿起得更早一点

树木和街道比我起得更早一点

星辰和月亮一夜没合眼

它们在看着我

看着我怎么放下做了一半的梦

半睁着眼睛

起床，吃饭，推门走出院子

消失于黎明

昨夜风急，盘山公路两侧

有落叶与我背道而驰

想起一个死在我怀里的兄弟

我说

早安！麻雀

爆破音

作为辅音的一种

要自石头的口腔发出

是件极其危险的事

你要借助风钻的力量,撞击成孔

要爆破线卧底

挑起雷管,炸药与石头内部的矛盾

令其愤怒的情绪一触即发

此刻,你所听到的

即是爆破音的一种

例如,爆,破,坍,塌

一首不能完成的诗

让一个名字在一首诗里
燃起不灭的火焰
让笔尖拯救每一个矿难
让词语掀开每一块垮塌的石头
让水、火、瓦斯、煤尘和事故在隐喻中
无处藏身

时间已是深夜
当我再次为一首诗纠结不已时
炉中的炭火已逐渐化为灰烬
明早起来
我还可以把一些新煤添进去
让它重新燃烧
但我无论如何也不能
让那些为此献出宝贵生命的挖煤人
在一张纸上
死而复生

倒叙

记得那天中午，在医院
他的死，成了唯一的主题
绿色和阳光讽刺着周围的一切
夏日晕厥，如他悲伤的亲人

我无法相信眼前的境况
时间回到那天早晨，更衣室
我们赤裸着嘲笑
那个讨债的家伙
已好久没碰过女人

但很快，一切都变得不可思议
那是在冰冷、黑暗的井下
我们抬着他奔跑，升井
他脸色苍白，如早上那张
刚刚获批的假条
死神篡改了他回家的路径

我每天都在重复做一件事

矸石棱角分明,有顽劣的性格

煤块隐忍,藏着一身燃烧的技艺

我黑着脸,不停地搬运自己的汗水

直到

把矸石搬进深沟,把煤炭搬进高炉

每天,我都在重复做一件事

一边挖黑暗的墙脚

一边弥补人间的缺憾

我的同事老张

比我多掌握了一门手艺

轻而易举

就把自己搬进了知天命的年纪

一只黑麻雀

仿佛这世上最小的矿工

进出于废弃的烟囱

有时嘴里衔着茅草

有时是一条虫子

有时,立在烟囱顶

用尖喙,梳理自己脏兮兮的羽毛

有时,我们会像两个

拖家带口的兄弟

互望一眼

就匆匆告别

它回它的烟囱

我下我的矿井

在这寄宿制的人间

在时间的隧道中掘进

在自制的黑夜开采

在这寄宿制的人间

你看见那么多人

齐刷刷地,消失在旷野

却为什么,单单

对着一块石头

哭泣

昨天

我把自己安顿在

一个叫作"回忆"的旅馆

就独自离开了

所有的花销

都被年轻的讨债先生

做成详细脸书

寄返于我

但拖欠,必须日结

必须支付一个等值的

今天或明天

直至我

无力偿还

春分

高处的树木，低处的野草

都有绿出天际的向往

唯春天，对它们视若己出

从不厚此薄彼

躬行于人间

手里，攥紧朝霞和落日

仍不免在黑夜中走失

春分，最识大体

用一天，就做出一生的决定

公平起见

即日始

昼夜要取长补短，日月可明来暗往

孺子牛

一直以来,都习惯于用沉默对抗鞭挞

手执牛耳的人,也手执牛皮鞭子

己所不欲,却施于一头不会说话的黄牛

一头牛的悲哀

莫过于将缰绳和套索

当作了毕生的信仰

一柄刀子的悲哀

莫过于让自己陷入一场死局

一头从锻造炉走出的孺子牛

因为放下肉身,就确定自己

已活过昨天

矿井

我惊讶于一小片黑夜

轻易就在白天存活下来

并被数百米的深井私自收留

现在,它像一头黑色巨兽盘踞于井下

作为一个异食症患者

它的食谱里有炸药、铁和水泥

它的排泄物

有瓦斯、粉尘、煤和矸石

我必须全副武装进入它的胃里

因为要索取更多火种

我已练就了虎口夺食的本领

因为有一身令它难以消化的硬骨头

它不得不将我吞下去

再吐出来

芦花

多么应景啊

一株株芦苇,头顶白雪

像极了此刻

送葬队伍中,身着白衣的孝子

令人动容的是

当我们从一个人的记忆中

抽身而出

将他深植于此

这些朴素的草民

也开始就着北风

一个劲儿地

躬身,点头,行礼

为我们重返人间

夹道相送

我饿

再有两个小时就下班了
他摸了摸怀揣的干粮和水
还有温度,再等一等就可以将它们消灭掉
当他再次俯身
将铁锹伸向散落成堆的落煤点时
那根可恶的铁轴
就死死地拽住了他的衣角
高速运转之下
没有人知道他是怎样用自己单薄的身体
一遍又一遍抽打死神的脸
但吃人的机器
最终还是咬断了他的多数骨头
更让人揪心的是
弥留之际
他留下的
仅仅是俩字
我——
饿

在人间,我离地狱最近

给我安全帽和滚石,矿灯和黑暗
给我防水鞋和水患,防尘面具和矽肺病
给我瓦斯、二氧化硫
用风稀释
给我一条缆绳和防护链
供我出入人间
给我一座矿山
让我贪生怕死
这么多年
我总是将半截身子放在人间
又将半截身子埋于泥土
却不曾全身而退
而那悬于腰间的自救器啊
就像是我的命
我每走一步
它就晃一下
我一停下
它就吭哧,吭哧……地喘

仿佛不喘

就会接不住下一口氧气

抬棺者

抬着沉重的棺木

沿山路,蜿蜒而上

远远望去

像一群蚂蚁

抬着一粒白色饭粒

面对他人的危崖

我们的担心显然多余

空气,瞬间凝固

不是因为,飘忽而至的

一场小雪

而是因为我们,同时

看见了天堂

饺子

皮薄,馅儿大,饱满
才符合我们的意愿
汤水沸腾
那些挤破头的、露怯的
才是我们真实的一面
扎堆,起哄,不是件好事
为了让我们学会节制
母亲总是像爱惜饺子一样
疼惜我们
总是在我们得意忘形时
及时
浇一瓢冷水

我的世界

给我姓氏的人,也

给了我村庄、土地和房屋

于是,我

把村庄给了肮脏的街道

把土地给了瘦弱的麦种

把房屋给了昏暗的路灯

把自己给了老实的农民

……

还有一些身外之物

我需要一一分发

多年以后

我会

把名字给予一块石头

把身体给予一场葬礼

把人间还给人间

把江山据为己有

枕木之诗(组诗)

夜曲

熄灯后

漆黑如井下的房间

我疲倦的工友

大张着嘴

喉咙蠕动

像一部小绞车

拖着

"咣当"行驶的矿车

从胸腔

向上提升

他沉重的睡眠

但是,很糟糕

那个名叫"失眠"的扳道工

又一次将道岔

扳向我

当我的左耳和右耳道

成为他的必经之路

我不得不在自己耳郭

加塞岗哨

——两团棉球

因为,如果他的鼾声

撞倒

那个瞌睡虫

我将会辗转反侧

佩饰

我身上有两件宝贝

一件是定位仪。像你

记录我每天的行踪

另一件是自救器。像爱

装满了新鲜的氧气

我每天都将它们认真佩戴

这样,"牵挂"这个词就不会

在你的世界

与"望眼欲穿"那个词

突然相遇

用挖煤的手写诗

执笔犹如执镐

如此比喻

我写下的汉字,就是

一颗颗炭粒

练习本上的横线,就是

一条条掘进巷道

我的手

就会因为出汗，酸痛

搁笔休息

可是，有谁见过

生活的那只手

会因为握着一个矿工

沁出汗珠

并由此

将他松开

绞车房的女工

烫染过的长发卷儿披向一侧

另一侧

绯红的脸蛋处

心形耳坠滴着蓝光

当她，从我们跟前闪过

就像火苗

穿过一堆黑炭

然而,一旦她闪入绞车房

我们着火的眼

就迅速熄灭

变成冰凉的炉灶

枕木之诗

他们说:作为一棵树

应当有四方之志

于是,我脱去青春的外衣

砍掉软弱的枝丫

投身井下

但我并非朽不可雕

在我眼里

那些坐在温室

乐不思蜀的雕花靠椅

只是一种伪造

哪像我

从不避重就轻

扛得起铁轨

也做得了一首诗的铺垫

关于一个书面采访

每个问题,要求三千字

每个答案,都像一个巨大的回采面

当我像立一根液压支柱

支棱起手中的笔

竟然感到前所未有的压力

该从何说起

关于我的出生地、亲人、老师

以及他们和诗歌与信仰的

种种联系

每方面都像一块亟待回采

又从未认真面对的煤田

当时,正值深夜

无人知晓

这些深埋已久的话

正被一个诗人唤醒

而灵感爆炸

引起的气浪

早已将我的睡眠，掀翻

姓名

行走在矿区

一位村民

指着梁上那些树：

这是山梨

这是山杏

这是山核桃……

但它们个儿小，酸涩

没什么卖点

出于礼貌

我也向他介绍了我的同伴：

这位来自四川

这位是湖南的

这位……陕西，河北……

都是矿工

就这样，我们亲切交谈

互相认识

像一些行走的树碰见了自己的远亲

却彼此无以为赠

兄弟

每次有兄弟受伤,我都会想到自己
我受伤的兄弟啊
你们的身体少一部分,我就会痛一次
你们中间少一个人,我就会死一次

我写下这首诗时
却因为完整,成为你们残缺的部分
若非要说:残缺是另一种美
兄弟!我跛脚的语言,断裂的分行
打着点滴的病句
又怎会如此揪心

虹膜考勤机

悬挂于澡堂门口墙上

1.7 米左右

正适合普通人身高

每次签退

人们都叽叽歪歪

为赶上准点出发的班车

拥挤，起哄

但今天

他们为一个小个子新同事

挤出了几秒时间

为另一个老职工竖起了拇指

因为这俩人

一个难为情地说

"兄弟，可不可以抱我一把"

而另一个

真的

就二话不说

将他抱高了一点

第四辑 把人间还给人间

单身

我的身体已如此荒芜

那就让他继续荒芜下去吧

在雨季来临之前

这里只适合野马迁徙

任何凭空想象制造出来的绿洲和草地

都会让一头发情的野兽

把它们当作伴侣

而我体内有一条奔涌的暗河

有一个名字叫小鹿的情人路过

她的青草地肥美

她不来喝水……

旋转门

像轮回的隐喻

门和窗的错位与重叠

承认爱与被爱

是垂直于一条轴线的两个支点

不可置换、挪用

允许四扇玻璃门

同时抒情,但关系

透明、洁净,主次分明

就像我和你之间

今生前世

命运的暗示

花掉我

你握住我,掂了掂
我的分量
然后,顺手放进自己的
存钱罐

哦,相信我的购买力
如果消费令你快乐
不要节省
像花掉时间一样
花掉我

信

一起写信吧

用我的金笔

在夜的信纸上

写一封长信

假装我们很远

假装我们很近

假装我

从你身上摸到一个地址

假装你很急

又很羞赧

一会儿要平邮

一会儿要快递

边界

白天,你是与我接壤的最小邻国
夜里,你便是我的一个内陆省份

夹心饼干

高速行驶的列车

扑向

你的城市

确切地说

是我在扑向你

像一个饥饿的

小男孩

扑向自己的

夹心饼干

醒来

阳光穿透窗

鸟儿最先醒来

你颤动了一下

柔软的枝条

我扑了扑翅膀

如果你假装沉睡

我就会

带着鸟巢和树

飞起来

七天酒店

它创造利润

以厚厚的弹簧床垫

和亲民形象

我是天堂的注册会员吗

在你的城市

忘了那是星期几

我得到一个零头的优惠

和一个迷人的夜晚

我说:

看——

上帝在创造别的事物

但,你创造了我

夜的小作坊

真好,也只有我可以
像头蒙眼的小毛驴
拉动月亮这盘石磨

真好,也只有你可以
像个手巧的小媳妇
把豆大的星星
一把一把,搁进磨眼

可那吱呀作响的磨轴
都快撑不住了

石头与流水

爱是荒野求生

你是我唯一的水源

我投身于你

并非因为干渴

而是想

成为你怀中

那把竖琴

让你日夜弹奏

明月

一块距我们三十八万公里,装在

真空袋里的月饼

是哪个供货商

把它送往了天空的超市

哦,我们要买下它

还需要积攒

更多思念的银币

刺绣

你拿起我,就像捏起一枚针
但你要绣点什么
把夜的臀部再垫高一点
或许,你可以用月光的丝线
绣出一对玉兔

草房子

里面,有个永远长不大

爱吃手指的孩子

她有一对翅膀

喜欢说悄悄话

我想见

又不敢见她

因为,只要她一靠近

我的身体

就会长出蘑菇

夜

夜,就像一匹脱缰的小黑驹

在梦里,打着响鼻

它有一片肥美的水草

有一个太阳情人

拴在

黄昏的马厩里

封面女郎

天空的出版商

从窗户

递进你的第一部

《月光》诗集——

你躺在床上,成为

自己的封面女郎

如果你肯用我的唇印

在上面盖章

我希望

是一个孤本

钥匙扣

一定要有惊人的技艺

才能把一颗金子般的心

嵌入水晶内部

再配以"一生平安"

才足够心心相印

亲爱的,你送我的礼物收到了

99.99%的足赤已至纯至真

尚有0.01%的瑕疵,算我

荔枝辞

圆润，小颗，葡萄心

日啖三粒，可止渴生津

可佐以莞尔，回眸，倾城

你喜欢的，我都喜欢

帝国曾有先例，比如春秋

一道着火的圣旨，引来八方诸侯

只可意会，不可明说

南方近日多雨

宜将水路换陆路

如此多走弯路。甚远。但可安心

美人！你要的八百里加急

红尘里，我已为你累死快马十匹

两枚硬币

我想送你两枚女王头像的港币
一枚是伍毫,另一枚也是

要送你的《左撇子女人》,塑封还未开启
我用小刀划开一个小口
硬币正好贴身而过
一个词嵌入书页,严丝合缝

这样的好处是
你在读书时
可以把我小心翼翼嵌入的
那个词
一块
读出来

生而为人

我同时拥有孤独和自卑两个敌人

前者让我使用酒精

后者让我使用眼泪

我在醉酒后哭醒

在昏黄的灯光下扶正自己的影子

从抽屉中寻得纸和笔

想到太宰治

也曾如我这般辛苦

这个一生自杀过五次的男人

临了,也没放过自己的情人

而我,因为爱着一个高贵的女人

爱上了整个世界

醋坛子

——你如是说
——可我,有什么办法呢?
你的美
连猫都会产生误会

我眼里的敌意
仅仅是一只蝴蝶
对蜜蜂的警惕

十月的一个下午

我掉进了一只布满裂纹的杯子

它曾装着我们的婚姻——

一种白兰地兑雪碧的混合饮料

那是一个令人沮丧的下午

我坐在杯底——

一堆回忆的碎片上

像醉酒者

坐在自己的呕吐物上

女王陛下

你把一片江山绣入衣袖
风就是你的,雨也是
我也是

在你的国度
我注定做不了英雄
我就做你一世的臣民

我还想做一个不思进取的人
择一块领地,安于一隅
我要在这里
种地,养花,生儿育女
豢养动物
……

我想说的是,我
不想成为一个无家可归的人
女王陛下

蝴蝶

仅仅是一个词

就让我们为之鬼迷心窍

美丽的传说赋予了它不同的境遇

向左是爱情,向右通往坟墓

当我读给自己听的时候

我故意把它拆开

我要让蝴不能见蝶

让爱不能成殇

让一个词不能在人间

左右为难

立冬

去见你时
我提了若干秋柿与棉麻
作为我们之间的谈资

秋天已过
你却一贫如洗
我得问问缘由

我不知道
你拿什么出来,款待我

天气渐冷
你变得孤傲、冷僻,见不得路人
……

去你的小屋子吧
生起最暖的炉火

我这样想

饮一壶冰雪,好吗
最好,是一夜醒来后
眼里堆满望不到边的,纯洁的白的那种

的确
你唯有如此
才可以,打动我

忆江南

她对着火盆

火盆对着我

我们都脚蹬在火盆沿上

双手摘取来自火苗顶端的温暖

她顺手递给我

一个被火烤过的橘子

她说

让你尝尝劫后重生的味道

很多年以后

大雪纷飞的季节

我才去剥开那个滚烫的橘子

她依旧坐在那儿

和一粒粒饱满的橘肉排列在一起

像一尊误入红尘的菩萨

要坐穿我的整个江南

雨中行

每一滴雨都适合亲近
每一次亲近都会浑身湿透

于是,我们之间就多了
一柄小小的伞

就像爱,多了些恨

大雪·梦

天空擅长偷袭,云端埋伏着

十万白色骑兵

每一片树叶,都是失去祖国的前朝子民

每一个梦,都易成为重兵包围下的孤城

来,今天,我们不谈江山社稷

不谈英勇牺牲

我包裹里有秦时明月和夜行衣

我诗词里有踏云乌骓和贴身侍卫

来,今天,我们就战一回垓下

过一回乌江,负一回江东父老

河山沦陷

我还是你的霸王

你还是我的虞姬

大雪·绒花

春天的抒情诗,被冬天转载

点击量大得惊人

如此好文章,适合寒江独钓

刷屏,留念

我爱的女人怕冷

一早就吹起小暖风,备下杏脯

哼起她的柔软小调

这个对冬天过敏、对夏天排斥的女人

从不以美自居

这么些年,我都把她捧在手心里

像捧着一朵雪

以至于

她有时是花,有时是水

石榴

今年的石榴,花开满了枝条

风一吹,又落了许多

春夏交替

还有一颗提心吊胆地活着

宛若这世上幸存的孤儿

在人间悄悄地长大

结籽,生娃

爱养花的妇人

不忍看她风雨飘摇

将一截树枝小心捆扎

看她一脸绯红

仿佛一个含羞的女人

被另一个女人问及腹中

日渐成熟的

胎儿

琥珀之爱

忽有一种破坏之心

想把时间敲碎

把那只美丽的飞蝶

从琥珀中,救出

忽生一种盗窃之心

想把她,捧在掌中

日夜摩挲

忽然,就不知如何是好了

当我穿过白垩纪,回到

亿万年前的一棵松树

我看见,她爱着的

仍是一道伤口

一滴扑向她的松脂

11月7日，初雪

我想写一首

关于雪的小诗

向冬天投稿

但最终，还是放弃了

因为，有位叫"初雪"的诗人

在昨夜

发表了她的处女作

被人遗忘的苹果

像个悬而未决的词

叶子败光了,还孤零零地挂在枝头

青春的鳞片,像金子般落了一地

拾荒者有时是风

有时是偶尔经过的羊群

难过的时候,就低着头

一点一点地,收敛光泽和水分

既不妄自菲薄,也不轻易示人

一只被人遗忘的苹果

因为接近腐烂

正面临着坠落的危险

我活在中年的苹果里

有些褶皱,猝不及防

有些甜分,无人提及

七夕

不是所有的开花都有结果

不是所有的礼物都有预定的情人

街头拥挤,人们携手而来,挽手而去

我还孑然一身

今夜,有必要为自己虚构一个爱人

为她杜撰一个好听的名字

这样,有人过鹊桥时

我就可以混迹人群

假装

身边有你

气候旅馆

有一座气候多变的旅馆

我已在你令人着迷的脸上和嗓音里

住了很久

像一小片黏人的亚热带

如果你并不打算让我离开

我愿意

每天

向你支付

三个亲吻和一个拥抱

K237 次列车

一

没有任何迹象显示
我随身携带了违禁品
当他们将检测仪对准你时
我心里还是
嘀嘀,响了两声

二

此刻,我是富有的
我带着一列火车
成百上千号随从
来见你
此刻的你,比我富有
我怀抱你解下的
围巾和女式挎包

成为你唯一的臣民

却仍然担心

被你随时解雇

三

我们都是被列车打包运走的人

犹如彼此陌生的包裹

因互相挤压

漏出了各自的方言

有些包裹是孤独的

他们把自己捂得严严实实

像土拨鼠一样把头缩在衣领里

警惕着周围的一切

你就坐在我旁边

不远，不近

中间的一小块

恰好，容得下一个

想要靠近你的

——念头

四

我把对你的喜欢蔓延至

一首诗里

就像此刻的列车

大有一条道走到黑的决绝

一想到爱是冒险

我就会记起站台上

那条黄线

第五辑

它毕生的梦想就是造一张网

我喝下一枚月亮

当时,它正好落在我的酒杯里
当时,我正好想你
如果月亮在我的胸膛升起
谁能保证这世上不再有阴晴圆缺

长恨歌

不过是长安的明月挂在西安上空
不过是今日的风吹破昨日的灯笼

不过如此：喜剧的反面是悲剧
红颜的一侧是薄命

绝句

于你,我是医生也是病人
是一剂良药也是一例慢性病
当爱,在爱的裂隙中求生
我唯一能做的,就是向你注射我的生命

腓特烈[①]

他喜欢音乐和绘画。但最拿手的
是用镀金钢笔,扩写普鲁士国家版图
令他苦恼的是,他因为手臂
伸得太长,而被噩梦缠绕
尤其在晚年
只有把自己搁进无忧宫的扶手椅
才能睡着。还有
除了他的爱犬,没有人愿意靠近他
除了无忧宫,他不想去任何地方
我惊讶于这位铁血君王,他也曾
爱民如子
他在给司法部长的信中说:
"我清楚地告诉你们,在我的眼中,一个
穷困的农民和一个最显赫的公爵或一个
最有钱的贵族没有丝毫高低之别。法律
面前人人平等"
但帝国的幕僚们,总是与他背道而驰

所以，他又很沮丧

"吾到彼处，方可无忧"

比起他的含蓄

波兰诗人雷沙德·克利尼茨基

则更直白：

"谁会比你的纯种狗

更理解你的平等意识"

---

① 腓特烈二世，自称普鲁士王国的第一公仆。

伐木工

伐木工有个令人心碎的名字

——寡妇制造者

即使做梦,也在不停地伐树

幸运的是

每次,他都能躲过树干的袭击

全身而退

唯有森林前赴后继

不给他半点喘息的机会

当他大汗淋漓地从梦中醒来

他发现那些树,犹如站立的时间

正向他发出刺耳的嘲笑

现在,他垂垂老矣

只凭借往日荣耀,间歇性耳鸣

一柄钝斧

——续命

手势

以分开的食指和拇指

做手枪状

射击

是我唯一

能与这个世界对抗的姿态

问题是

一旦怒火打光

食指就会委曲求全

我的拇指

看起来

就像站在拳头上的

一个叛徒

我写诗

写他们喜闻乐见的诗

我绞尽脑汁
在最不堪言说中,挑拣
最得体的话语
在最虚假中,甄选
最逼真的字词

我痛并快乐着
像一个悲伤的小丑

鲁迅肖像

巨大的棕色帘幕上

一副永远坚定、冷峻的面孔

高悬于校舍天井

正适合我们仰望

和聆听

然而,先生恐高且没有说话

暗示

坟墓,并不全是长在地上的那些土堆

有时用无形吞噬

它承包你想要的一切

当你想要,你开始挖掘

心椅

我的心是木头做的

有四条腿和一个温暖的靠背

它已磨损得厉害

难以承受每一次重负

再次动心

是在一个深夜

当时我心乱如麻

她,突然把头埋在我怀里

多么突然啊

一把坏椅子再次被爱占据

整个世界

都能听见

椅子摇晃的

嘎吱声

春日

桃花开了

那么热闹

在桃花庵外面

一张张

粉嘟嘟的脸

一阵儿笑春风

一会儿笑空门

福缘寺

去福缘寺敬香,礼佛
是我此行的一个计划
但暮色渐深,时不我待
更何况,这被俗世羁绊的肉身
怎好意思
潦草地踏入佛门净地
佛啊!还是就此别过吧
您看,被时间修改过的天空
已燃起数盏青灯
您听,钟声回荡。似乎正应了
四大皆空
您说:施主慢走,恕不远送
就有疾风吹来
苍松摇拂
仿佛是这世上最大的拂尘

河流与大海

他——口若悬河

从不直奔主题

每次讲话

都像一条滔滔不绝的河流

在崇山峻岭间

绕弯子

而我们

俨然是一片沉睡的冲积平原

直到

掌声击碎梦想

成为

喧哗的大海

寻找

在你唇上找到我的嘴巴
在你身上找到我
就像找到我们,在人间
唯一的联系号码

好了,可以拨通了
像拨电话那样
让铃声
在我们的身体里
响起

交谈

找我的,不是你

而是你的想法

所以,你走后

你的想法并未随你离去

它会留下来

继续

和我交谈

游绵山①及所思

那个先于我抵达此处的人
至死,也没走出山门

后来的无名之火
不再是君王逼贤,臣子拒出
而是高山冠以美名
放火与灭火同出一人

拜谒这位割股奉君的贤人
空谷中,尚有前朝传来的鹤唳风声
尚有经年的草木,隐而不发
游人莫衷一是,他大手一挥
又在往生的石壁上
拓下几行食古不化的铭文

---

① 绵山,介子推和他的母亲被火烧死的地方。

在抱腹岩

每一座庙里，都住着一个慈悲的神仙

每一个慕名而至的游人

都有一颗向善的心

在铁索岭，每一处悬崖

都会把人逼上绝境

在避火洞，每一个祈福的人

都像是在绝地求生

正值中午

热浪。把我们逼至一处凉亭

谈及春秋时期的那场大火

谈及火中的那位孝子贤臣

哦！人们

有多少是被历史绑架至今的俗人

有多少是摸着良心胡言乱语的罪人

一个不善聊天的父亲

在城市郊区,一家汽车修理部阁楼

有个值夜的学徒工小男孩

来自农村。瘦弱,但目光清澈

像一只刚刚学会捕食的雏鸟

守在自己搭起的新巢

他和我视频。说,学不会吉他

听起来,就像说适应不了孤独一样

令人心疼

而说起他可以把整个发动机

拆散再装回去,又好像在说他可以

随时维修这个世界

整整半个小时

我一边用摩西奶奶的故事

整理他凌乱的弦音

一边用谷川俊太郎的经历

向他递去励志的扳手

却忘记了用布满茧子的手

隔空摸摸他的头

忘记了自己，不仅是个矿工

还是一个不善聊天的父亲

蜘蛛

它毕生的梦想就是造一张网
为此，苦修道学，钻研八卦
它的过人之处，不是韬光养晦
而是将满腹经纶
完全体现在圆鼓鼓的肚子
一只大腹园蛛的日常
就是处心积虑，把弱小的飞虫
变成自己的腹中餐
除此之外，便是做梦和荡秋千
唯一令它不快的是
当它死后，只会变成一个
又干又瘪的污点

恶之眼

善死后

沉默

埋葬了他

为了稳定时局

眼睛

以嫡亲的身份

变卖了他的遗产

并取缔了

其他器官的

正常工作

作为补偿

他给所有人

颁发了

一张

旁观证

地球形象

自从有了战争,它的身上

便布满弹坑、弹片、动物骸骨

层出不穷的丑闻,皮癣般蔓延

现在,它又老又丑又臭

除了用沾满了谎言的粉扑

补一下妆

就是日夜不息

与它最要好的两个老朋友

——太阳和月亮

斗地主

我们也不闲着。想想看

数十亿人

像数十亿只屎壳郎

滚着一颗巨大的粪球

是多么壮观

又一日

我感到心"噔噔"作响

人们纷至沓来,似乎有大事发生

我在其中认出了犹大

本丢·彼拉多,罗马士兵……

还有一众围观者

众神熙攘,犹如群星闪耀

那时,上帝尚未出现

他正在天上掷骰子

比我更警觉的是一棵棕榈树

它汗毛直竖——

人们的嘴已磨得像锋利的锯片

这突发的一幕

恰好在我祈祷时重现

仿佛,心就是一座各各他①

"但不管怎样,这意味着

人人责任已尽

可以继续向前了"[2]

---

①各各他,又称各各他山,耶稣被钉在十字架的地方。

②引自索雷斯库《奇想》。

洛阳铲

"找到了,一处古墓!"洛阳铲惊呼

它的声音,几乎让考古学家

心都要跳出来了

手,有过一些颤抖

接下来的挖掘,非常令人满意

——没有盗洞

大量的鱼骨、羊骨……名贵酒水

足以成立一座博物馆

但根据史书记载

应该还有一些钱币

一副权杖和一个绝世佳人

鉴于此处机关重重

他们决定保护性发掘

先去庆祝

洛阳铲,其实是一柄汤匙

它是在餐桌上,人们的饕餮中

探测到这些的

现在，它陷入一碗汤的沉思

它在想：人的胃口和心

哪个埋得更深一些

拳击手

那个满脑子做着白日梦的

臃肿的家伙

天一亮,就脱下他

缀满宝石亮片的黑色罩袍

赤裸裸地

向人们秀他的肌肉

我们从来不是他的对手

不幸的是

只要闹铃一响

就不得不粉墨登场

太阳一落山

又鼻青脸肿地回来

瓮

闲置在墙角

脸,黑黢黢的

像被贬谪的国家重臣

憋着一肚子气

想到自己一生清贫

乐善好施。到如今

却沦落到听人闲言碎语

被人视为累赘的地步

它不禁怅然

恨不得,移步他处

收纳些杂物。颐养天年

但,孩子们不知岁月艰辛

不懂祖辈过往

他们说:空间太小

它太笨重

回味

我贪婪地
吮吸着短暂的
生命之甜
却不幸
体会到了无尽的人生之苦

肇事者

在骑车回家的路上

我的左眼

撞死了一只慌不择路的飞虫

我不得不停下车子

把它清理出去

这就是事情的经过

鉴于我不是故意的

飞虫确实装了翅膀

我的右眼说

即使无人看见这场车祸

我的左眼

都应从道义层面

赔偿飞虫

一滴

眼泪

教堂顶上的十字架

它一直抱怨,不能回到教堂

接受人们的祷告

长期的风吹日晒,使它变得愁容满面

事实上,作为一款铁制品

它永远无法理解同僚

——木质十字架的痛苦

更无法相信

钉子会生出忤逆之心

最要命的是,它在信仰这件事上

与上帝,产生了严重的分歧

终于,在一个电闪雷鸣的夜晚

垂下双臂

变成了一根避雷针